Bilingual -R.C.

ALFAGUARA

ALFAGUARA

Título original en inglés:
Frog and Toad All Year

© 2003, 2000, 1998, Santillana USA Publishing Company, Inc.
2023 NW 84th Avenue, Miami, FL 33122
© 1976, Arnold Lobel
© 1981, Alfaguara, S.A.
© 1987, Altea, Taurus, Alfaguara, S.A.
© 1992, Santillana, S.A.

Traducción de Pablo Lizcano

Alfaguara es un sello editorial del **Grupo Santillana.**
Éstas son sus sedes:

ARGENTINA, BOLIVIA, CHILE, COLOMBIA, COSTA RICA,
ECUADOR, EL SALVADOR, ESPAÑA, ESTADOS UNIDOS,
GUATEMALA, MÉXICO, PANAMÁ, PARAGUAY, PERÚ,
PUERTO RICO, REPÚBLICA DOMINICANA,
URUGUAY Y VENEZUELA

ISBN 10: 84-204-3052-8
ISBN 13: 978-84-204-3052-2

Published in the United States
Printed in Colombia by D´vinni S.A.

12 11 10   7 8 9 10 11 12

Sapo y Sepo, un año entero

por Arnold Lobel

ALFAGUARA

A James Marshall

Indice

COLINA ABAJO   6

LA ESQUINA   20

EL HELADO   32

LA SORPRESA   44

NOCHEBUENA   56

Colina abajo

Sapo llamó a la puerta de Sepo.

—Sepo, despierta —gritó.

—Sal y mira

¡qué maravilloso es el invierno!

—No saldré —dijo Sepo—.

Estoy en mi cama calentita.

—El invierno es hermoso

—dijo Sapo—.

Sal y vamos a divertirnos.

—¡Bah! —dijo Sepo—.

No tengo

ropa de invierno.

7

Sapo entró en la casa.

—Te he traído

algunas cosas para que te las pongas

—dijo.

Sapo le metió a Sepo

un abrigo por la cabeza.

Sapo le embutió a Sepó

unos pantalones hasta el trasero.

Puso un gorro y una bufanda

en la cabeza de Sepo.

¡Socorro! —gritó Sepo—.

¡Mi mejor amigo

intenta matarme!

—Sólo intento dejarte listo

para el invierno —dijo Sapo.

Sapo y Sepo salieron de la casa.

Corretearon por la nieve.

—Nos lanzaremos cuesta abajo

por esta gran colina

en mi trineo —dijo Sapo.

—Yo, no —dijo Sepo.

—No tengas miedo —dijo Sapo—.

Yo iré contigo

en el trineo.

Será una bajada veloz y excitante.

Sepo, tú te sientas delante

y yo me sentaré justo detrás de ti.

El trineo comenzó a deslizarse

colina abajo.

—¡Allá vamos!

—dijo Sapo.

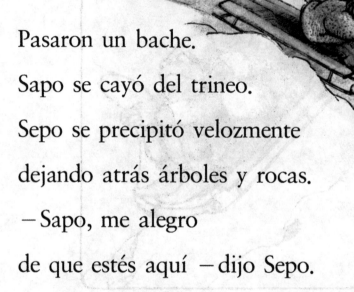

Pasaron un bache.

Sapo se cayó del trineo.

Sepo se precipitó velozmente

dejando atrás árboles y rocas.

—Sapo, me alegro

de que estés aquí —dijo Sepo.

Sepo saltó sobre

un montículo de nieve.

—Yo no podría conducir el trineo

sin ti, Sapo —dijo—.

Tienes razón. ¡El invierno es divertido!

Un cuervo

revoloteó cerca de él. —gritó Sepó—.

—Hola Cuervo

Míranos a Sapo y a mí.

¡Montamos en trineo

mejor que nadie

en el mundo!

14

—Pero Sepo —dijo el cuervo—,

estás tú solo en el trineo.

Sepo miró alrededor.

Vio que Sapo no estaba allí.

—¡ESTOY COMPLETAMENTE SOLO!

—gritó asustado Sepo.

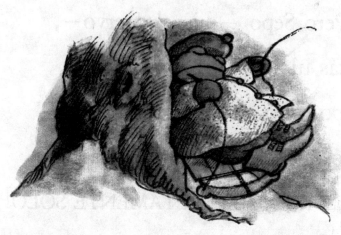

¡Bang!

El trineo chocó contra un árbol.

¡Crack!

El trineo chocó contra una roca.

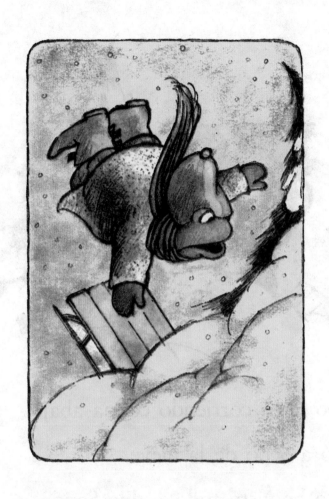

¡Plop!

El trineo se incrustó en la nieve.

Sapo llegó corriendo colina abajo.

Sacó a Sepo de la nieve.

—Lo he visto todo —dijo Sapo—.

Lo hiciste muy bien

tú solo.

—No es verdad —dijo Sepo—.

Pero hay una cosa

que puedo hacer yo solo.

—¿Cuál? —preguntó Sapo.

—Puedo irme a casa —dijo Sepo—.

Quizá el invierno sea hermoso,

pero la cama es mucho mejor.

La esquina

A Sapo y Sepo
les pilló la lluvia.
Se fueron corriendo a casa de Sapo.

—Estoy completamente empapado

—dijo Sepo—. Se ha estropeado el día.

—Vamos a tomar té y pasteles

—dijo Sapo—. Ya dejará de llover.

Si te pones cerca de la estufa,

tu ropa se secará pronto.

—Te voy a contar un cuento

mientras esperamos —dijo Sapo.

—¡Oh, qué bien! —dijo Sepo.

—Cuando yo era pequeño,

no mucho mayor

que un renacuajo —dijo Sapo—,

mi padre me dijo:

«Hijo, hoy es un día frío y gris,

pero la primavera

está a la vuelta de la esquina.»

Yo quería que llegara la primavera.

Salí afuera

para encontrar esa esquina.

caminé por un sendero del bosque

Hasta que llegué a una esquina.

Di la vuelta a la esquina.

para ver si la primavera

estaba al otro lado.

—¿Y estaba? —preguntó Sepo.

—No —dijo Sapo—.

Sólo había un pino,

tres guijarros

y un poco de hierba seca.

Caminé

por el prado.

Pronto llegué

a otra esquina.

Di la vuelta a la esquina

para ver si la primavera estaba allí.

—¿La encontraste? —preguntó Sepo.

—No —dijo Sapo—.

Sólo había

una vieja oruga

dormida

sobre el tronco cortado

de un árbol.

Caminé por la orilla del río

hasta que llegué a otra esquina.

Di la vuelta a la esquina

para buscar la primavera.

—¿Estaba allí? —preguntó Sepo.

—No

—dijo Sapo—

Sólo había

un poco de barro

y un lagarto que estaba cazándose

el rabo.

—Debías estar cansado

—dijo Sepo.

—Estaba cansado

—dijo Sapo—

y empezó

a llover.

—Regresé a casa.

Al llegar allí —dijo Sapo—

encontré otra esquina.

Era la esquina de mi casa.

—¿Diste la vuelta a la esquina?

—preguntó Sepo.

—También di la vuelta a esa esquina

—dijo Sapo.

—¿Qué viste?

—preguntó Sepo.

—Vi que salía el sol

—dijo Sapo—. Vi pájaros

que estaban posados y cantando en un

árbol. Vi a mi madre y a mi padre

trabajando en su jardín.

Vi flores en el jardín.

—¡La encontraste! —gritó Sepo.

—Sí —dijo Sepo—.

Me sentí muy feliz.

Había encontrado la esquina misma a la

vuelta de la cual estaba la primavera.

—Mira, Sapo —dijo Sepo—.

Tenías razón.

Ha dejado de llover.

Sapo y Sepo se apresuraron a salir.

Corrieron a dar la vuelta
a la esquina de la casa de Sapo
para asegurarse de que la primavera
había llegado otra vez.

El helado

Un caluroso día de verano Sapo y Sepo

estaban sentados junto a la charca.

— Desearía que tuviésemos

un helado fresco y sabroso — dijo Sapo.

— Qué buena idea — dijo Sepo —.

Espera aquí mismo, Sapo.

Volveré enseguida.

Sepo fue a la tienda. Compró

dos grandes cucuruchos de helado.

Sepo lamió uno de los cucuruchos.

—A Sapo le gusta el de chocolate
—dijo Sepo—igual que a mí.

Sepo volvió por el camino.

Una gran gota blanda

de helado de chocolate

se escurrió por su brazo.

—Este helado

se está derritiendo con el sol —dijo Sepo.

Sepo marchó más aprisa.

Muchas gotas

de helado derretido

volaron por el aire.

Caían en la cabeza de Sepo.

— ¡Tengo que volver corriendo

hasta donde está Sapo! — exclamó.

El helado

se derretía

más y más.

Chorreaba

por la chaqueta de Sepo.

Salpicaba

sus pantalones

y sus pies.

— ¿Dónde está el sendero?

—grito Sepo—.

¡No veo nada!

Sapo seguía sentado
junto a la charca
esperando a Sepo.
Un ratón pasó corriendo.

—¡Acabo de ver algo terrible!
—gritó el ratón—.
¡Era grande y marrón!

—¡Algo cubierto

de ramas y hojas avanza

hacia aquí! —gritó una ardilla.

—¡Ahí viene una cosa con cuernos!

—voceó un conejo.

—¡Sálvate. Huye!

¿Qué puede ser? —preguntó Sapo.

Sapo se escondió detrás de una roca.

Vio acercarse a la cosa.

Era grande y marrón.

estaba cubierta

de ramas y hojas.

Tenía dos cuernos.

—Sapo —gritó la cosa—.

¿Dónde estás?

—¡Cielo santo!

—dijo Sapo—.

—¡Esa cosa es Sepo!

41

Sepo cayó a la charca.

Se hundió hasta el fondo

y apareció otra vez.

—Maldita sea —dijo Sepo—.

El agua se ha llevado

todo nuestro

helado

fresco

y sabroso.

—No importa —dijo Sapo—.

Ya sé lo que podemos hacer.

Sapo y Sepo volvieron corriendo

a la tienda.

Entonces se sentaron a la sombra

de un árbol muy grande

y comieron

sus cucuruchos

de helado

de chocolate

juntos.

La sorpresa

Era octubre.

Las hojas habían caído

de los árboles.

Se esparcían por el suelo.

—Iré a casa de Sepo

—dijo Sapo—.

Barreré todas las hojas

que han caído sobre su césped.

Sepo se llevará una sorpresa.

Sapo sacó un rastrillo

del cobertizo

del jardín.

Sepo se asomó a la ventana.

—Este revoltijo de hojas

lo ha cubierto todo —dijo Sepo—.

Cogeré un rastrillo del trastero.

Correré a casa de Sapo.

Barreré todas sus hojas.

Sapo se pondrá muy contento.

Sapo fue corriendo por el bosque
para que Sepo no le viera.

Sepo fue corriendo tras las hierbas altas
para que Sapo no le viera.

Sapo llegó a la casa de Sepo.

Miró por la ventana.

—Bien —dijo Sapo—.

Sepo está fuera.

Nunca sabrá

quién barrió sus hojas.

Sepo llegó a la casa de Sapo.

Miró por la ventana.

—Bien —dijo Sepo—.

Sapo no está en casa.

Nunca adivinará

quién barrió sus hojas.

Sapo trabajó duro.

Barrió las hojas haciendo un montón.

En poco tiempo el césped de Sepo quedó limpio.

Sapo recogió su rastrillo

y se fue a casa.

Sepo le dio al rastrillo de acá para allá.

Barrió las hojas haciendo un montón.

En poco tiempo no quedaba ni una sola hoja

en el jardín de Sapo.

Sepo recogió su rastrillo

y se fue a casa.

Se levantó viento.

Sopló removiéndolo todo.

El montón de hojas

que Sapo había barrido para Sepo

voló por todas partes.

El montón de hojas

que Sepo había barrido para Sapo

voló por todas partes.

Cuando Sapo llegó a casa,

dijo: —Mañana

limpiaré las hojas

que cubren todo mi césped.

¡Qué sorpresa se habrá llevado Sepo!

Cuando Sepo llegó a casa,

dijo: — Mañana me pondré

a trabajar y barreré

todas mis hojas.

¡Qué sorpresa se habrá llevado Sapo!

Esa noche

se sintieron

Sapo y Sepo

los dos felices

cuando cada uno

apagó la luz

y se fue a dormir.

Nochebuena

En Nochebuena

Sepo cocinó una cena estupenda.

Decoró el árbol.

—Sapo se retrasa —dijo Sepo.

Sepo miró su reloj.

Recordó que estaba estropeado.

Las manecillas del reloj no se movían.

Sepo abrió la puerta de casa.

Escudriñó la noche.

Sapo no estaba allí.

—Estoy preocupado

—dijo Sepo—.

¿Y si ha sucedido
algo terrible?
¿Y si Sapo ha caído
en un pozo profundo
y no puede salir?
¡Nunca le volveré a ver!

Sepo abrió la puerta una vez más.

Sapo no estaba en el sendero.

—¿Y si Sapo se ha perdido

en el bosque?

—dijo Sepo—.

¿Y si está

helado de frío

y mojado y hambriento?

¿Y si un animal enorme

con muchos dientes afilados

está cazando a Sapo?

¿Y si le está devorando?

—gimió Sepo—.

¡Mi amigo y yo

nunca pasaremos

otras Navidades juntos!

Sepo encontró una cuerda en el sótano.

—Con esto sacaré a Sapo

del hoyo

—dijo Sepo.

Sepo encontró un farol en el desván.

—Sapo verá esta luz.

Le mostraré el camino

para salir del bosque —dijo Sepo.

Sepo encontró una sarten

en la cocina.

—Con esto golpearé

a ese enorme animal —dijo Sepo—.

Le saltarán todos los dientes.

Sapo, no te preocupes —gimió Sepo—.

¡Voy a ayudarte!

Sepo salió corriendo

de su casa.

Allí estaba Sapo.

—Hola, Sepo —dijo—.

Siento mucho llegar tarde.

Estuve empaquetando tu regalo.

—¿No estás en el fondo
de un pozo? —preguntó Sepo.

—No —dijo Sapo.

—¿No estás perdido
en el bosque? —preguntó Sepo.

—No —dijo Sapo.

—¿No te está devorando
un enorme animal? —preguntó Sepo.

—No —dijo Sapo—. Desde luego que no.

—Oh, Sapo —dijo Sepo—.
Estoy tan contento de pasar
las Navidades contigo.

Sepo abrió el regalo de Sapo.

Era un hermoso reloj nuevo.

Los dos amigos se sentaron frente a la
chimenea. Las manecillas del reloj
giraban marcando las horas
de una feliz Nochebuena.